池波正太郎のリズム

◉写真
熊切圭介

展望社

昭和51年　下谷・西町小学校にて

池波正太郎のリズム

写真◉熊切圭介

会い⑺

「藝者変轉

池波正太郎

(一)✓これが

「いいえ、それが……こんなことを申し

あたくしは先生だから々ことで……ですか

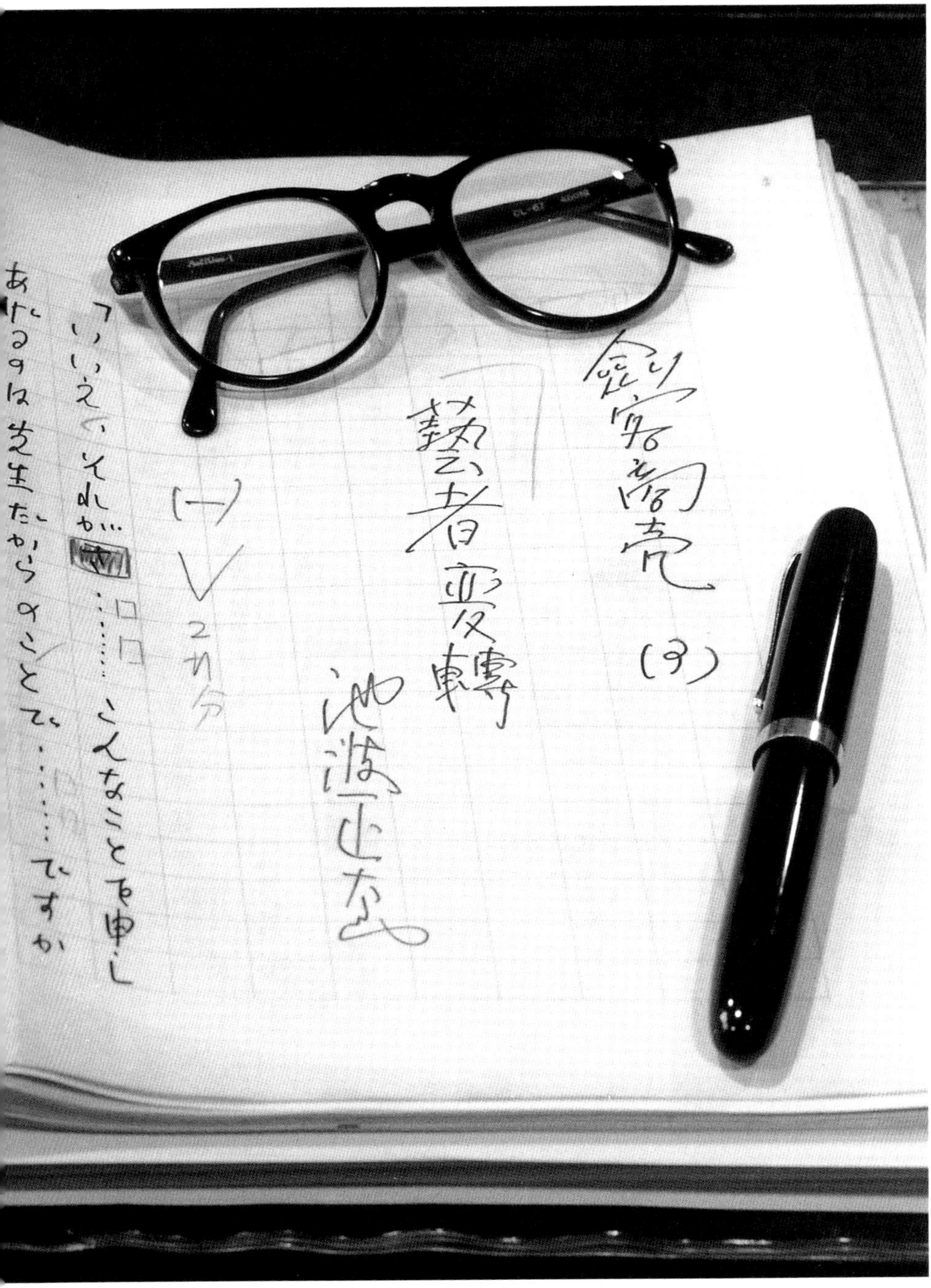

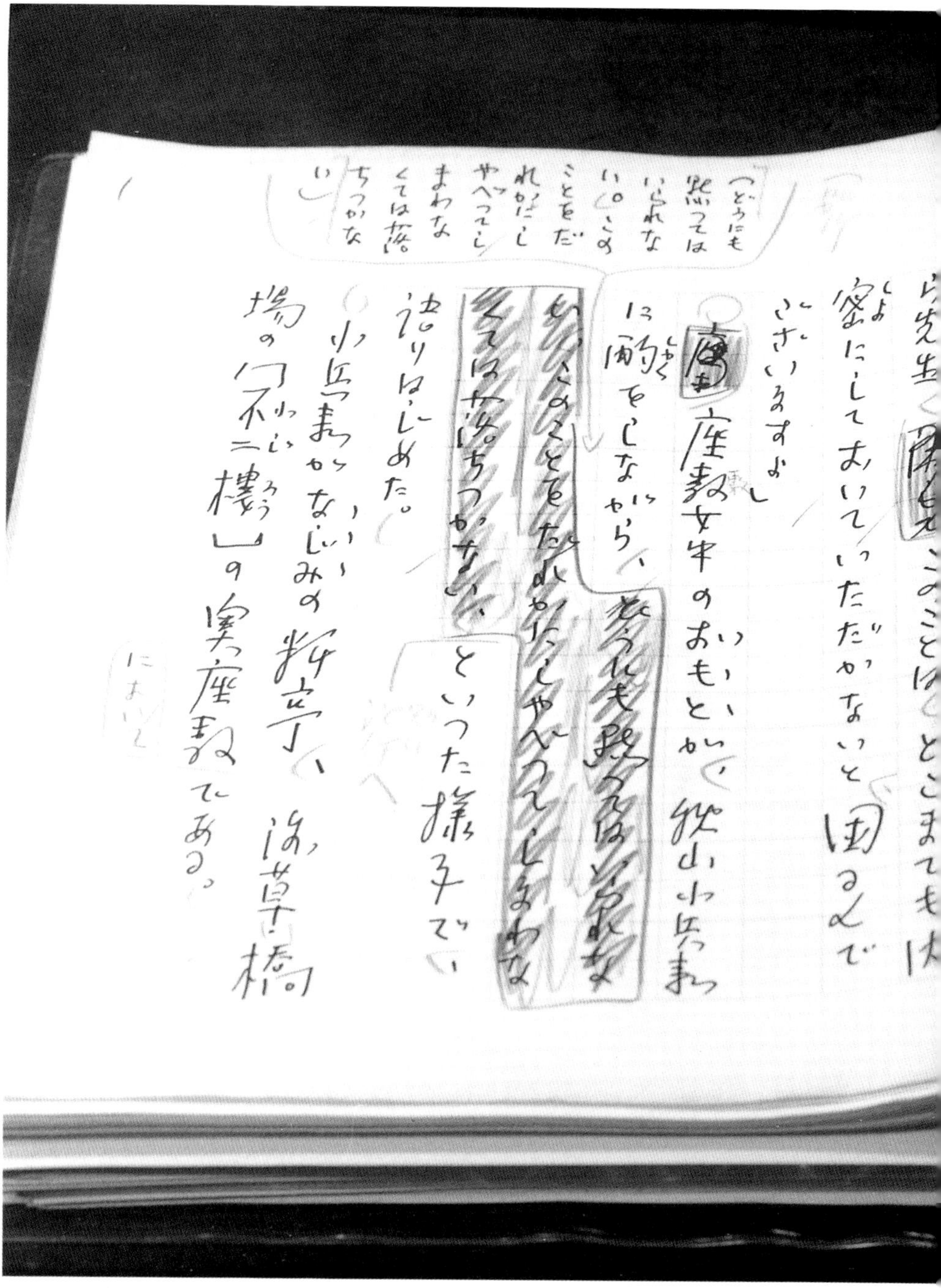

い先生、このことはどこまでも秘
密《しよ》にしておいていただかないと困るんで
ございますよ
座敷女中のおもいとか、秋山小兵衛
に癇《しゃく》をしながら、
どうにも黙ってはいられないことをだれかにしゃべってしまわなくては落ちつかない
といった様子でい
語りはじめた。
小兵衛がなじみの料亭、浅草・橋
場の〔不二楼《ふじろう》〕の奥座敷である。

おもいつめて、
気が昂ぶって、
ねむれぬときも月に何度かはあるが、
そうして、すこしずつ、
前途がひらけて行くときの
うれしさこそ、
この仕事の醍醐味だともいえよう。
その、おもいつめる時間によって、
私の一日の大半は
費やされるといってよい。
机に向って書くことは、
そのしめくくりのようなもので、
苦労は書かぬときの半分にもなるまい。

Peace
時代風俗

ストーリイをああしようとか、
こんなふうに書いてやろうとか、
そうしたことではなく、
絶えず、おもいつめている。
私の小説は一日一日が勝負で、
たとえば今夜、
小説の中で仕掛人・藤枝梅安が、
強敵をどのような手法で
仕とめるかというのは、
その場面まで書きすすんでみないと、
わからぬことなのだ。

SONY

すべて
五分五分という考えかた、
これがやっぱり
大事なんだと
ぼくは思うね。

人間の生活が、よっぽど
高踏的だと思うことが
間違いなんですよ。
話しあいでいこうとかなんとか、
いろいろ結構だけどね。
あまりに高踏的だなんて
決めこんでしまうと
間違いが起きてくると思う。

便箋《びんせん》とか、
封筒とか、
こういうものも
自分用にあつらえるということは
いいと思う。
何も物書きでなくてもね。
こういうものもやっぱり
男の武器なんだから。

自分の人生が一つであると同時に、
他人の人生も一つであるということだ。
自分と他人のつきあいでもって
世の中は成り立っているんだからね。
だから時間がいかに貴重なものか
ということを知っていれば、
他人に時間の上において
迷惑をかけることは
非常に恥ずべきことなんだ。

そもそも私は、
何事につけても、
やりはじめてからすぐに
望みがかなったことは
一度もない。
この一事だけは
若いころからわきまえていたので、
戦後は一度も迷うことなく、
コツコツと目ざすところへ向って
歩みつづけたのがよかった。

私の家は、
母・家人・私の三つの部屋と、応接間。
それに書庫から成っている。
浴室・便所をのぞいては五部屋にすぎない。
しかし、これを三十坪の土地へ建てるとなると、
どうしても書庫だけが、はみ出してしまう。
やむなく、三階建にした。

人間には、まだ
〔巣〕が必要なのだ。
その〔巣〕の中には、
家族が必要なのだ。
そして、
〔巣〕と〔家族〕が
生き生きと息づいていなくては、
人間の〔生活〕は
成立しないのである。

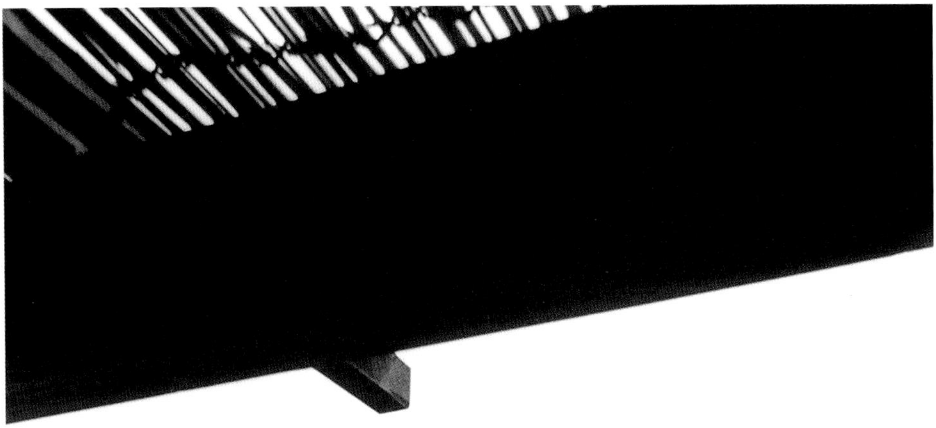

人間にとって、
ただひとつ、
はっきりとわかっていることは、
「いつかは死ぬ」
という一事のみである。
あとのことは、いっさいわからない。
人は、死ぬために、
「生れてくる」
のである。

ちかごろの日本は、何事にも、
「白」
でなければ、
「黒」
である。
その中間の色合が、
まったく消えてしまった。
その色合こそ、
「融通」
というものである。

東京人《びと》に故郷はない、と、
東京人自身が口にするけれども、
私はそうでない。
私の故郷は誰がなんといっても
浅草と上野なのである。

湯島神社

金龍山
門
松下電器
仲見世

江戸趣味小玩具　助六
本店

うどん
YAMAHA

隆
隆
隆

明治神宮

私は、関東大震災があった年、
大正十二年一月二十五日に、
東京・浅草の聖天町《しょうでんちょう》六十一番地に生まれた。
折しも大雪の日で、
父は勤めを休み、
二階の八畳で炬燵《こたつ》にもぐりこみ、
朝から酒をのんでいたが、
何しろ大酒のみの父のことであったから、
たちまちに酒が切れてしまい、
母が近くの酒屋へ行き、
酒を買ってもどる途中、
にわかに産気《さんけ》づいたという。

むかしの下町の暮しは、
情感が生まれるようにできていた。
それは、江戸時代からの町の伝統や風俗が、
まだまだ色濃く残っていたからであろう。
そして、破壊されつくした東京の片隅に、
それらのものが尚も
微《かす》かに息づいているのを見るとき、
むかしの東京人《びと》は、
ほっと安堵のためいきを吐くのである。

下町の貧しい人びとは、
年の暮れがやって来ると、
どのようなむりをしても
畳を新しく替え、障子を貼《は》り替えた。
母などは着物を質《しち》に入れても、そうした。
私も十歳ごろから
障子の貼り替えをさせられたものだ。
子供の私が小さな剃刀《かみそり》を口にくわえ、
片手に持った刷毛《はけ》で障子の骨へ糊《のり》を打ってゆくとき、
そくそくとして年の暮れの雰囲気《ふんいき》が身に感じられた。
そうして、新年を迎える仕度《したく》がととのった、
小さな家にたちこめる香りは、
また何ともいえずに清すがしい。

極楽はどこだ!!
男はつらいよ
寅次郎子守唄
銀座松竹
'75新春の笑いを独占
初笑い!
正月だ
今週の時間表
¥850
1月18日(土)

私は、浅草の聖天町《しょうでんちょう》に生まれ、
昭和の大戦が終るまでは、
浅草永住町《ながずみちょう》で育った。
したがって、浅草と上野《うえの》へ足が向くことが多い。
永住町は、浅草六区の盛り場と上野公園の中間にあり、
双方の盛り場は、少年時代の私の遊び場所でもあった。

ROXY
S.Tチェーン封切劇場
最新ポルノ封切
SEX
10－6

東京クラブ

つい、二、三年ほど前までは、
大川に面した座敷にいると、
暗い川面の向うから
船行燈《ふなあんどん》をつけた小舟が近寄って来て、
新内や声色《こわいろ》を聞かせたものであった。
新内の三味線《しゃみせん》が川面に聞こえ、
船行燈が夜の闇の中をすべって来るのをながめていると、
それが、まぼろしのように感じられたものだ。

散歩していて、
何かの拍子《ひょうし》に、
パッと、
今日いちにちの
仕事の構想が浮かんでくる。
どこをどうしてと、
くわしく脳裡《のうり》に
浮かんで来るのではない。
かたちとしてではなく、
感覚として、
パッと浮かぶ。
頭の中を一瞬通りすぎる
幻影のようなものだ。

鮒寿ゞめ焼
柳ばし
小松屋
ハヤ山椒煮
始めました

ヤタガイ
ハリウッド化粧品
あみ船
つり船
汐干船
井筒屋
電三三四八三
夕涼み
はぜ
あみ
潮干
船
TEL
船宿
あみ春
あみ
つり
はぜ
涼み
あみ春
乗合船
キス釣
カレイ
乗合船

どぜう
どぜう汁
どぜう鍋
駒形どぜう
渋谷店が
駒形どぜう

第参食堂
TEL. 268-4651

立喰
金寿司
金鮨
鮨
金鮨
酔い虎

本店
鮒佐
大野佐吉
創業文久二年

雛人形問屋
久月總本店
人形問屋
久月
人形問屋
久月
KYUGETSU
DOLL

浅草のみならず
「何も彼《か》も忘れて、
フラフラと三時間ほど歩いてみよう」
という場所は、まだ探せば、
東京にいくらも残っている。
そうした、自分が気に入った場所を
一つでも二つでも探し出すことが、
つまり〔散歩〕なのである。

自分の顔は、
毎朝、洗面のときの鏡で見ることはあっても、
自分が、どのような人間であるかということは、
実に、わかりにくいものである。
それが、旅へ出ると、
すこしはわかってくる。

ほんらいの自分を見失わぬためには、
よほどの覚悟と反省と生活がなくてはならぬ。
しかし、自分で自分を見つめることが、
いかに至難なことであるか、
いうをまたない。

松尾山
ハイキングコース

慶長五年九月十五日
関ヶ原合

むかしから、
「他人の休日に働き、
他人が働いているときに休む……」
というのが、
ぼくの流儀なんだ。

史蹟
關ヶ原古戰場
石田三成陣地

史蹟
關ヶ原古戰場
德川家康最初陣地

献燈
獻燈

作家というものは
「頭で書く」仕事と思われている、
一般的にいって。
それも間違いではないけれど、
頭というのも躰の一部なんだからね。
だから、結局は、
躰に叩き込んだ感覚というものが
肝腎《かんじん》なんだ。

職人の仕事は、理屈ではない。
あくまでも感覚のつみかさねによって、
すべてを理解し、
見通さなくてはならない。

俵屋

各種足袋
製造卸小売
足袋
分銅屋足袋

和服は〈線〉である。
洋服は〈量〉である。
これは日本人の私から看《み》た感覚であるが、
着る物のみならず、
日本と西洋の風俗、文化、芸術のほとんどが、
この二つの相違によって表現されている。

◉

〈量〉は、機械が生み出すものだ。
〈線〉は、人間の手が生み出すものといってよい。

たとえ一本の大根、一個の芋、
一尾の干魚にしても、
これを口中に入れるときの愉楽《ゆらく》が、
頭脳へまで波紋のごとく
ひろがってゆく
イマジネーションを、
人間の肉体はそなえていなくてはならぬ。

GARGANTUA
Anker

香華
みゆき座

ともかくも、
さっぱりと手早く調理をして出す。
これを味わう方も
「待っていました」
とばかりに箸をつける。
だらだらとのみ、
長々と食べていたのでは、
これまた江戸前の魚介が
泣いてしまうことになる。
意気込みで調理し、
意気込みで口にするのだ。

客に招ばれたとき、客を招ぶとき以外には、
あまり贅沢《ぜいたく》はしていない。
しかし、小間切れ肉をつかうときでも、
私なりに、
（念には念を入れて……）
食べているつもりだ。
死ぬるために食うのだから、
念を入れなくてはならないのである。

おそろしいもので、
鮨一つ口にするのでも、
その人柄があらわれてしまう。
口ひとつきかずに黙々と酒をのみ、
鮨を食べて帰る客にも、
店の人が好意を抱くこともある。

◉

十日に一度、
好物の鮨をつまむことだけでも、
人間というものは
苦しみを乗り切って行けるものなのだ。
つきつめて行くと、人間の〔幸福〕とは、
このようなものでしかないのである。

人間の気持ちっていうものは、
いくら自分で思っていても
何かで表わさないと通じないんだよ。
だから、煎《せん》じつめていけば、
男の財布ってのはそのためにある。

◉

男がチップの習慣を
なくしちゃった時代でしょう。
もう、それだけ人間が
カサカサになっているわけだよ。

千客万来

幕があがり、
自分がつくりあげた自分以外の
〔人生〕が
俳優たちによって
演じられて行き、
そして二時間ほどで、
その〔人生〕は終る。

私は、幼少の頃《ころ》から、
芝居好きの母に影響され、
歌舞伎《かぶき》をはじめ、
東京中の芝居という芝居は、
好き嫌《きら》いの別なく、
見てまわったものである。

ぼくは、甘い期待はしないで、つねに、
「最悪の場合を想定しながら、やる……」
という主義なんだ。
小説ばかりでなく、
昔からそうなんだ。
性格でしょうね。

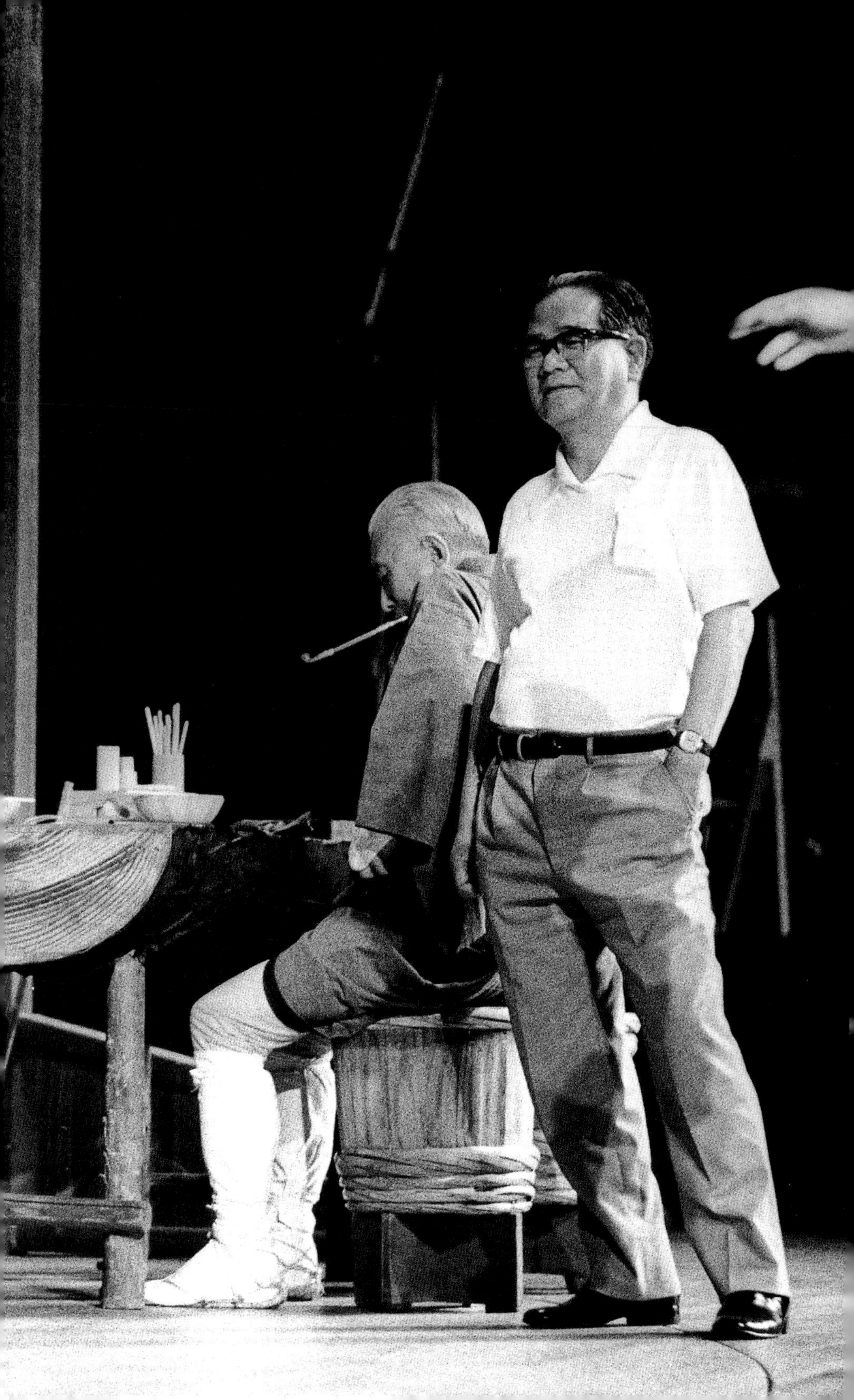

いまでも私は、
わずかにではあるが、
絶えず、自分の前に、
わざと〔障害〕を置くことにしている。
それでないと、
自分の仕事がとまってしまうからだ。

片桐代次郎之墓

平松町
平松町
平松町
平松町
平松町

甘酒

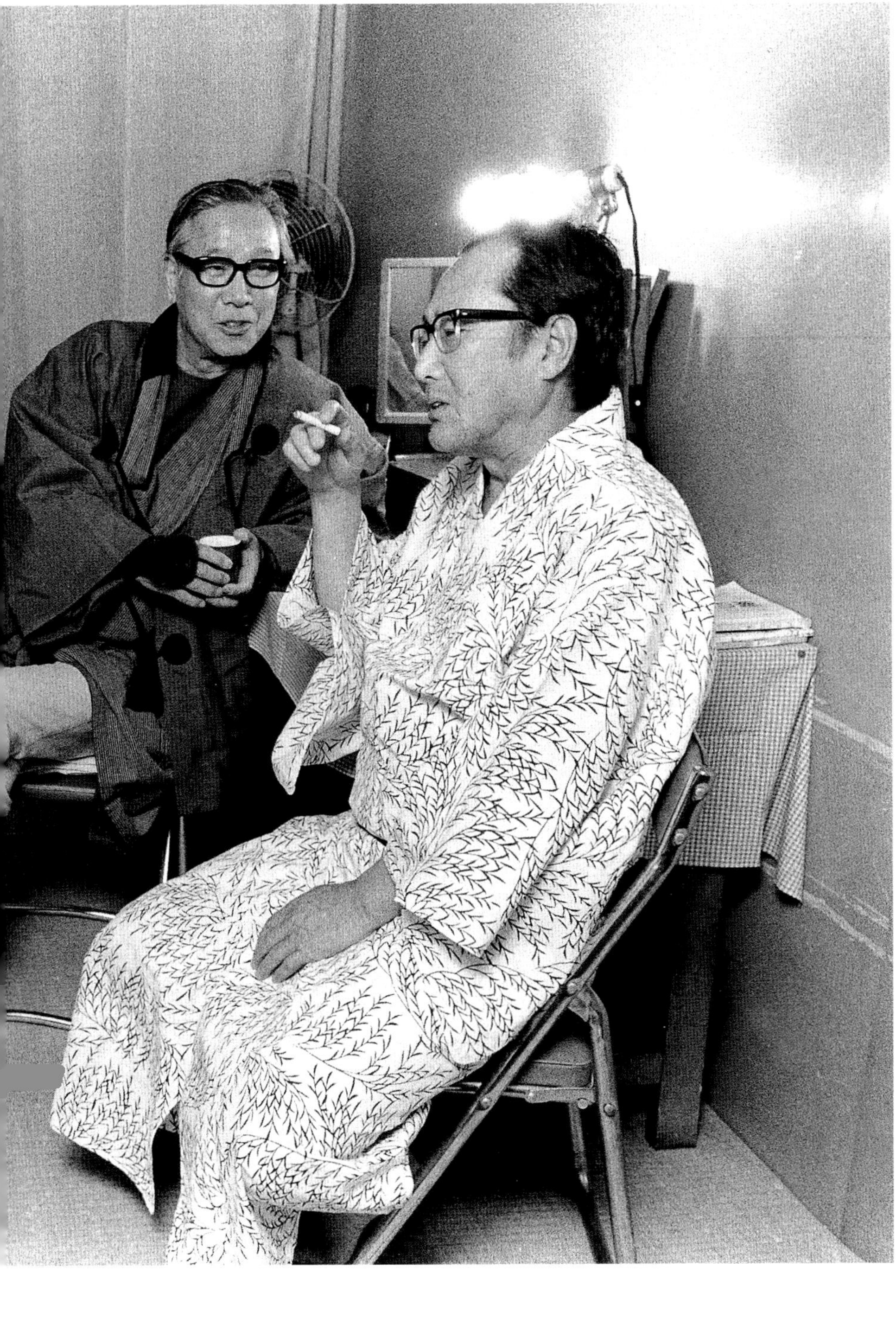

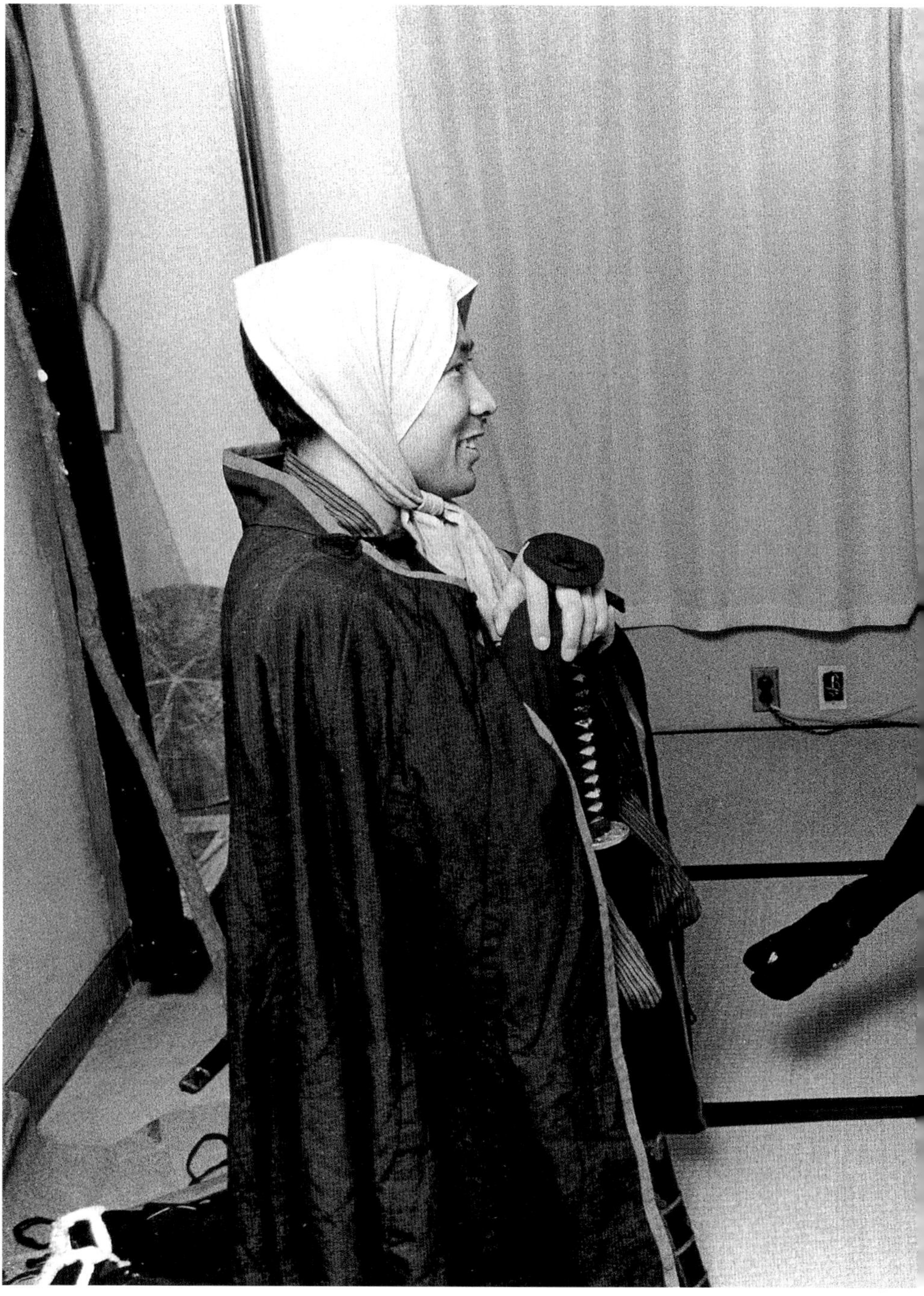

新國劇
憩いのオアシス
喫茶 軽食
マロ
立花屋ギャラリー
のれん

島田正吾
伊藤園
本庄正則
辰巳柳太郎
大山克巳
大山克巳後援会
会長 宮川正信

それにしても、
五十歳に達してからは、いくらか、
生きて行くことが楽になってきたようだ。
自分の気持をうまくあやつることもできるし、
年齢相応に、世の中の仕組もわかり、
むりに苦しむこともなくなってきた。
あと十年もすると、
また、別の世界がひらけて来るかも知れない。

あとがき

西町尋常小学校の卒業證書台帳をめくっていた池波さんの手が、ぴたっと止った。昭和九年度の卒業生欄に、筆書きされた「池波正太郎」の名があった。瞬間、宝物を見つけた子供のように顔が輝き、夕陽が差しこみ始めた校長室で、一気に小学校時代の話を始めた。話は、私のおぼろ気な記憶とオーバーラップし、想いはしばしば下町の子供の世界をさまよった。

池波さんと初めてお会いしたのは、昭和四十七年の冬である。週刊誌に連載することになった「忍びの女」の取材旅行に同行した折りである。東京駅の新幹線の中で待ち合わせたのだが、黒いソフトに黒いコート、格子縞のマフラー、明るいグレイのズボンという出で立ちだった。足元を見ると、黒靴はピカピカに磨かれていて、さすがは江戸っ子、足元がすっきりとしていた。

この時お会いするまで、全く面識がなく、しかも短気であるとか時間にうるさい、人に対する好き嫌いが激しい、などという噂を聞いていたので、かなり緊張していた。緊張のあまり、危くお茶をひっかけそうになったほどである。挨拶をすませ、簡単にスケジュールの打ち合せをした後、「ところで熊切さん、生まれは何処？」と聞かれた。下谷西町です、と答えると、それじゃ小学校は西町小学校では、という話になり、にわかに話が弾んだ。恥ずかしい話だが、鬼平犯科帳を始め幾つかの小説は読んでいたが、経歴については詳しくは知らなかった。それが小学校の先輩とわかり、途端に親しみを感じ、気分も楽になった。

取材旅行は僅か三日ほどだったが、名古屋に始まり、清洲、関ヶ原、伊賀上野、京都とかなりの強行スケジュール。他の作家なら苦言の一つもあるところだが、旅行の間、まったくそれはなかった。

巻頭のカラー写真は、この取材旅行から四年ほど後に、浅草にある池波家の菩提寺・西光寺にお参りした後、一緒に西町小学校を訪れた際に撮影したものである。この時、校長室に行き、卒業證書台帳を見せてもらったのだ。

二人の母校の西町小学校は、今は影も形も無い。平成九年三月三十一日に閉校となり、そのあと取り壊されてしまった。跡地には、池波さんが住んでいた永住町にある永寿病院が新しく建て直されるらしい。お定まりの少子化と街自体の変貌の故で子供がいなくなったためだが、なんとも寂しい限りだ。

池波さんは六歳の時に浅草永住町に移ってきて、西町小学校に転入した。永住町は、西町小学校の正面から浅草方向に少し寄った所だが、私の家は、小学校の校庭に面した西町公園の直ぐ前にあった。商売は、印刷する時に使うローラーを制作していた。我が家の右隣りにはローソク屋。左隣りは質屋で、その先には桐箱の指物師、経師屋などがあった。その他町内には、駄菓子屋、洋食屋、染物屋、酒屋、床屋などが、軒を連ねていた。

池波さんが住んでいた永住町も、ほぼ同じような街並みで、池波さんが書いているように、遠くまで出かけなくとも、ほとんど町内で用が足りた。朝早くには納豆売りの声がひびき、そのあとアッサリトシンジメと聞えた貝売りの声、草加せんべい屋、金魚売り、カタカタと薬箱の鐶をならしながら通り過ぎていく定斉屋、夕方には豆腐屋のラッパの音が聞えるなど、ひっきりなしに物売りが来て、終日街を賑わしていた。

また子供の遊びといえば先ずベーゴマ。それにメンコ、ビー玉遊びなどが主役だったが、戦時色が濃くなってくると、時代を映して水雷艦長などという、一種の鬼ごっこが流行ったりした。夕方には雀のおじさんの紙芝居に群がり、銭湯（たしか越の湯といった）の帰りには、駄菓子屋でもんじゃ焼き（池波さんの話に出てくるどんどん焼きと同じもの）を食べるのが、楽しみだった。

映画館は西町には無く、鳥越にあった鳥越キネマ、鳥越日活、新東京など、池波さんのエッセイに登場する映画館と重なる。

池波さんとは十一年ほどの差があるが、街の情景は、基本的にはほとんど変わらなかったのではないだろうか。それにしても、池波さんの記憶の確かさ、正確さは驚くばかりで、人物や街の鮮明な描写は、

「目をみはるもの」

がある。反対に自分の記憶は実に不鮮明で漠然としており、なんでこんなに違うのかと情け無くなる。

人気作家として沢山の素晴しい作品を発表し続ける一方、昭和四十九年頃から、歴史や旅、食、映画等に関するエッセイを、精力的に書き始めた。「男のリズム」は、昭和四十九年発行の「現代」十月号から連載が始まり、五十年の九月号まで丁度一年間続いた。第一回目のテーマは「劇場」。因縁浅からぬ新国劇への熱い思いを、厳しい批判を交えながら書いている。月刊誌では、本文の池波さんの文章とは別に、三頁のグラビアを使って、テーマに沿って私の写真を掲載した。一回目では、三頁とも、新国劇の「雨の首ふり坂」を演出する池波さんの姿や、楽屋での役者さんの様子を写した写真で構成した。昔の新国劇のことを書いた文章を読むと、かなり厳しい演出振りだったようだが、撮影した時は、丁寧で穏やかな演出で役者の演技を巧みに引き出していた。

連載第二回のテーマは「家」。その後「食べる」「着る」「散歩」「映画」「最後の目標」「26年前のノート」「家族」「私の一日」「旅」「母」と続いた。大体一頁目は、テーマにあった場所で池波さんを写したカットを使い、二、三頁目は、テーマを私なりに解釈したイメージ写真を使った。

連載を始めるにあたり池波さんから、「熊さん、好きなように撮って下さいよ」とすべてまかせていただいたので、楽しく写真を撮ることが出来た。柳橋、浅草、湯島、銀座、遠くは名古屋の御園座、京都など様々な所で撮影したが、何時も心よくモデルを務めてくれ、一度も急かされたことがなかった。

取材の中でも、京都の旅は楽しいものであった。ご贔屓の「松鮨」には三度ご一緒した。高瀬川に架かっている三条小橋の直ぐ脇にある「松鮨」は、間口二間半ほどの、目立たない小振りの店で、何時もひっそりとした佇いを見せていた。「松鮨」について池波さんは、

まだ客のこない午後のひとときを、

この店で過す楽しさは、まったく

「こたえられない」

と書いている。「松鮨」の主人・吉川松次郎さんは、子供の頃に感動を受け、生涯忘れ得ぬ役者になった十五代目・市村羽左衛門に面影が似ているという。その主人を相手に、静かにゆったりと酒を呑む時間は、池波さんにとって「至福のひととき」だったに違いない。

京都での撮影では、清風タクシーの通称ケンカ安こと安井功さんの世話になった。タクシー会社の組合長時代には、しばしば会社と渡りあって数々の武勇伝を残している。個人タクシーを始めてからは、立命館大学の「土曜講座」に通い、京都の歴史を徹底的に学んだという。荒畑寒村や末川博、松田道雄など多くの文化人に愛された。みんなに、安さん安さんと呼ばれ親しまれていたが、この安さんの案内で、池波さんも初めてという雲ヶ畑の志明院を訪れたことがある。志明院近辺をかなり歩いたのと、安さんのやや冗舌な語り口に疲れたのか、帰りの車の中で珍しくコックリコックリ居眠りをしていたのが、印象に残っている。

安さんは実に人間味のある面白い人だった。私は京都に行けば必ず安さんの車

に乗ったものだ。東京にいる時も、手紙のやりとりを頻繁にしていた。酒を呑みながら書くのだろうか、葉書四枚の連作などということもあった。
京都が「松鮨」なら東京は外神田の「花ぶさ」ということになる。表通りからちょっと入った所にある小体な料理屋だ。池波さんが、たまたま湯島から神田辺りを散歩している時に、ふらりと入ったのが最初だという。以来二十年以上、この店で酒飯している。おかみさんの佐藤雅江さんの人柄の良さが、店全体を包みこんでいる心地良さと、調理主任だった今村秀雄さんの造る料理の味が、舌に合ったのだろう。カウンターに体を少し斜めにして坐り、今村さんと料理談義をしている時の池波さんは実に楽しそうだ。テンポのいい話し振りなので、一緒に呑んでいるこちらにまで、楽しさが伝わってくる。
永く写真の仕事をしていると、様々な人との出会いがある。
「この人とは永く付き合ってみたい」と思う人は、そうはいない。また思っても仕事のこととか時間の都合で、思い通りにならないことが多い。
池波さんとは、それほど永いお付き合いではなかったが、私の心の中では、とても大きな存在だった。撮影を含めてしばしばお会いしたのは、四十代後半から五十代前半までの短い間だったが、この期間は、鬼平犯科帳、剣客商売、仕掛人・藤枝梅安の三大シリーズの他、真田太平記の長期連載があるなど、気力、体力とも最も充実していたのではないだろうか。風貌も自信に満ち溢れていて、内面の充実振りがはっきりと見てとれた。そういう時期に、池波さんの写真を集中的に撮れたことは、私にとって大変幸せなことであった。
「他人に迷惑をかけないという心がけを常に持つこと」という精神が、時に厳しさとなって表われることもあったようだが、根は照れ屋で気持ちの優しい人だった。特にお酒を呑むと、身振り手振りも賑やかに、色々な役者の声色で楽しませてくれた。
今回の写真集を作るにあたって、ダンディな池波さんのイメージを壊さないよう、小粋なものにしたいと考えたが、意図したような写真集になったかどうか、池波さんにちょっと感想を聞きたいような気がする。
終わりになったが、写真集の制作にご協力いただいた鶴松房治氏、私の意図するものに深いご理解を示し、写真集を作ることをお許しいただいた池波豊子様に、心から御礼を申し上げます。

平成十二年六月二十日

熊切圭介

池波正太郎年譜

大正十二（一九二三）年

一月二十五日、東京・浅草聖天町で、父富治郎（日本橋小網町の綿糸問屋小出商店の番頭）、母鈴（浅草馬道の錺《かざり》職今井教三の長女）の長男として生まれる。関東大震災おこり、埼玉県浦和に転居。

昭和四（一九二九）年　六歳

東京・下谷の上根岸に引っ越す。根岸小学校に入学。両親離婚のため、浅草・永住町の母の実家に住む。下谷・西町小学校に転入。この頃より、母や祖父に連れられて芝居見物や、浅草の老舗の食堂などの味を覚える。

昭和八（一九三三）年　十歳

従兄に連れられて東京劇場で新国劇「大菩薩峠」を見て、感銘を受ける。主演は机竜之介に辰巳柳太郎、宇津木兵馬に島田正吾。この頃、再婚して王子に移っていた母が二度目の離婚、父違いの弟を連れて実家に戻る。

昭和十（一九三五）年　十二歳

西町小学校卒業。茅場町の現物取引所田崎商店に働きに出る。半年後、住み込みのため時間の自由がきかないという理由から、同商店を辞め、株式仲買店松島商店に入る。

昭和十三（一九三八）年　十五歳

四月、日本橋三越にて十五世市村羽左衛門を見かけ、サインをねだる。改めて色紙を渡すという約束を交わし、二日後、同じ場所で本人より色紙と歌舞伎座のチケット二枚を手渡される。忘れられない思い出となった。この頃、吉原の娼妓、せん子となじみになる。

昭和十七（一九四二）年　十九歳

国民勤労訓練所に入る。その後、芝浦の萱場製作所に入所、施盤機械工として働く。

昭和十八（一九四三）年　二十歳

『婦人画報』に作品を投稿。五月号に「休日」が選外佳作、七月号に「兄の帰還」が入選。賞金は五十円。岐阜県・太田の新設工場で徴用工に施盤を教える。

昭和十九（一九四四）年　二十一歳

元旦、名古屋の大同製鋼に徴用されていた父と再会。横須賀海兵団に入団。ついで武山海兵団内の自動車講習所に入る。さらに横浜・磯子にあった海軍航空隊（八〇一空）に転属。

昭和二十（一九四五）年　二十二歳

三月十日の空襲で浅草・永住町の家焼失。五月、鳥取県・米子の美保航空基地に転出、通信任務にあたる。この頃「死」を強く意識しながら、短歌・俳句に親しむ。同地で敗戦を迎え、ポツダム二等兵曹となる。

昭和二十一（一九四六）年　二十三歳

都職員となり、下谷区役所に勤務（予防衛生係、徴税係）。DDTの散布に従事する。この年、読売新聞の演劇文化賞に戯曲「雪晴れ」入選（四位）、新協劇団で上演される。

昭和二十二（一九四七）年　二十四歳

読売新聞の第二回演劇文化賞に戯曲「南風の吹く窓」が佳作入選。選者に長谷川伸がいた。

昭和二十三（一九四八）年　二十五歳

夏、長谷川伸を訪ね、戯曲を読んでもらう。

昭和二十四（一九四九）年　二十六歳

長谷川伸に師事。

昭和二十五（一九五〇）年　二十七歳

七月、片岡豊子と結婚。駒込神明町の六畳一間の棟割長屋で所帯をもつ。家賃は月に千五百円であった。

昭和二十六（一九五一）年　二十八歳

都目黒税務事務所に転勤。金融公庫の申し込みに当選して、品川区荏原西江に家を建て移住。七月、戯曲「鈍牛」が新国劇で処女上演される。主演は島田正吾。以後、約十年にわたり新国劇の脚本、演出を担当する。

昭和二十七（一九五二）年　二十九歳

十月「檻の中」が新国劇で上演される。

昭和二十八（一九五三）年　三十歳

四月「渡辺崋山」が新国劇で上演される。脚本執筆の際に山手樹一郎に指導を受けた。

昭和二十九（一九五四）年　三十一歳

この頃から、師の長谷川伸のすすめで小説を書き始める。十月「厨房《キッチン》にて」を『大衆文芸』に発表。

昭和三十（一九五五）年　三十二歳

一月「名寄岩」を新国劇で上演。はじめて自ら演出する。七月、都目黒税務事務所を退職、執筆活動にはいる。

昭和三十一（一九五六）年　三十三歳

十一月「恩田木工（真田騒動）」を『大衆文芸』に二度にわたって発表。直木賞（下期）の候補となる。この頃、資料をもとに長谷川平蔵を知り、興味を持つ。

昭和三十二（一九五七）年　三十四歳

六月「眼」、十二月「信濃大名記」をそれぞれ『大衆文芸』に発表。両作とも直木賞の上期、下期の候補となる。

昭和三十三（一九五八）年　三十五歳

春、父富治郎が東京都郊外の養老院で死去。十一月「応仁の乱」を『大衆文芸』に連載開始。直木賞の下期候補となる。

昭和三十四（一九五九）年　三十六歳

六月「秘図」を『大衆文芸』に発表、直木賞（上期）の候補となる。

昭和三十五（一九六〇）年　三十七歳

「錯乱」にて第四十三回直木賞（上期）を受賞。このときの授賞式に、前年度下期受賞者の司馬遼太郎がいた。祝辞を述べたのは大佛次郎。

昭和三十六（一九六一）年　三十八歳

一月「卜伝最後の旅」を『別冊小説新潮』、八月「色」を『オール讀物』に発表。「色」が「維新の篝火」の題名で映画化される（監督・松田定次、出演・片岡千恵蔵、淡島千景）。

昭和三十七（一九六二）年　三十九歳

十月「人斬り半次郎」を『週刊アサヒ芸能』に連載開始。

昭和三十八（一九六三）年　四十歳

一月、師長谷川伸が心臓衰弱のため聖路加国際病院に入院。（六月、死去）八月「幕末遊撃隊」を『週刊読売』に連載開始。

昭和三十九(一九六四)年　四十一歳

一月「江戸怪盗記」を『週刊新潮』に発表、はじめて長谷川平蔵が作中に登場。

昭和四十(一九六五)年　四十二歳

五月「堀部安兵衛」を『中国新聞』に連載開始。

昭和四十一(一九六六)年　四十三歳

三月「出刃打お玉」を『小説現代』に発表。八月「さむらい劇場」を『週刊サンケイ』に連載開始。

昭和四十二(一九六七)年　四十四歳

十月「近藤勇白書」を『新評』に連載開始。このとき、中一弥が挿絵を担当、以後二十年以上にわたり著者の代表作の挿絵を手がける。

昭和四十三(一九六八)年　四十五歳

一月「唖の十蔵」を『オール讀物』に発表、連作「鬼平犯科帳」が開始。同月「青春忘れもの」を『小説新潮』に連載開始。

昭和四十四(一九六九)年　四十六歳

品川区荏原の自宅を改築。NETテレビ(現テレビ朝日)で「鬼平犯科帳」が放映され好評を博す。主演は八世松本幸四郎。

昭和四十五(一九七〇)年　四十七歳

九月「闇は知っている」を『問題小説』に連載開始。

昭和四十六(一九七一)年　四十八歳

一月「雨の杖つき坂」を『太陽』に発表。四月「鬼平犯科帳―狐火」が松本幸四郎一座で上演される。

昭和四十七(一九七二)年　四十九歳

一月「剣客商売」を『小説新潮』、三月「仕掛人・藤枝梅安」を『小説現代』にて連載開始。梅安シリーズの第一作「殺しの四人」で小説現代読者賞を受賞。テレビドラマ「必殺仕掛人」放映開始。

昭和四十八(一九七三)年　五十歳

一月「忍びの女」を『週刊現代』に連載開始、二月「雨の首ふり坂」を新国劇で上演、演出。四月より、テレビドラマ「剣客商売」が放映。五月「剣の天地」を『東京タイムズ』に連載開始。六月『必殺仕掛人』(監督・渡辺祐介、主演・田宮二郎)が映画化。梅安シリーズ「春雪仕掛針」で、ふたたび小説現代読者賞を受賞。九月『必殺仕掛人・梅安蟻地獄』(監督・渡辺祐介、主演・緒形拳)が映画化される。

昭和四十九(一九七四)年　五十一歳

一月「真田太平記」を『週刊朝日』に連載開始。二月『必殺仕掛人・春雪仕掛針』が映画化(監督・貞永方久、主演・緒形拳)。十月「男のリズム」(写真・熊切圭介)を『現代』に連載開始。十一月「秋風三国峠」が明治座にて上演される。

昭和五十(一九七五)年　五十二歳

二月「出刃打お玉」歌舞伎座にて上演。四月、テレビドラマ「鬼平犯科帳」が放映される。主演は丹波哲郎。六月「剣客商売」帝国劇場(出演・中村又五郎、加藤剛)で上演。「梅安最合傘」にて三たび小説現代読者賞受賞。九月「必殺仕掛人」明治座で上演。

昭和五十一(一九七六)年　五十三歳

一月「おとこの秘図」を『週刊新潮』に連載開始。二月「男のリズム」角川書店より刊行。七月「又五郎の春秋」を『中央公論』に連載開始。

昭和五十二(一九七七)年　五十四歳
四月、第十一回吉川英治文学賞受賞。初夏、初のヨーロッパ旅行。パリ、リヨン、ニースなどをまわる。フランスの風光に刺激されて、以後、積極的に絵を描くようになる。

昭和五十三(一九七八)年　五十五歳
一月「市松小僧の女」にて第六回大谷竹次郎賞受賞。七月「雲霧仁左衛門」が映画化される。

昭和五十四(一九七九)年　五十六歳
二月「日曜日の万年筆」を『毎日新聞』に連載開始。秋、ヨーロッパ旅行。

昭和五十五(一九八〇)年　五十七歳
一月「味の歳時記」を『芸術新潮』、八月「旅は青空」を『小説新潮』に連載開始。四月、テレビドラマ「鬼平犯科帳」が放映。主演は萬屋錦之介。初夏、ヨーロッパ旅行。

昭和五十六(一九八一)年　五十八歳
一月「映画歳時記」を『芸術新潮』、四月「剣客商売」の番外編「黒白」を『週刊新潮』に連載開始。

昭和五十七(一九八二)年　五十九歳
夏、ヨーロッパ旅行。九月「ドンレミイの雨」を『小説新潮』に発表。

昭和五十八(一九八三)年　六十歳
一月「雲ながれゆく」を『週刊文春』、十月「食卓のつぶやき」を『週刊朝日』に連載開始。秋、シンガポール、インドネシアに旅行。

昭和五十九(一九八四)年　六十一歳
一月「鬼平犯科帳」の番外編「乳房」を『週刊文春』に連載開始。秋、ヨーロッパ旅行。

昭和六十(一九八五)年　六十二歳
気管支炎のため喀血、生まれてはじめての入院生活を体験。五月「まんぞくまんぞく」を『週刊新潮』、八月「秘伝の声」を『サンケイ新聞』に連載開始。

昭和六十一(一九八六)年　六十三歳
春、紫綬褒章受章。二月「秘密」を『週刊文春』に連載開始。五月、母鈴死去。

昭和六十二(一九八七)年　六十四歳
一月「原っぱ」を『波』に連載開始。八月、新国劇解散。

昭和六十三(一九八八)年　六十五歳
五月、フランス旅行。九月、西ドイツ、フランス、イタリア旅行。十二月、「大衆文学の真髄である新しいヒーローを創出し、現代の男の生き方を時代小説の中に活写、読者の圧倒的支持を得た」として第三十六回菊池寛賞を受賞。

平成元(一九八九)年　六十六歳
七月、辰巳柳太郎が死去。七月よりテレビドラマ「鬼平犯科帳」が放映。主演は中村吉右衛門。

平成二(一九九〇)年　六十七歳
三月、急性白血病で三井記念病院入院。五月三日午前三時、同病院にて死去。五月六日、東京・千日谷会堂にて告別式。戒名は「華文院釈正業」。西浅草・西光寺に葬られる。同月、勲三等瑞宝章受章。

●出典一覧表

『男のリズム』
（昭和五十四年　角川文庫）
『男の作法』
（昭和五十九年　新潮文庫）
『私の歳月』
（昭和五十九年　講談社文庫）
『新・私の歳月』
（平成四年　講談社文庫）
『食卓の情景』
（昭和五十五年　新潮文庫）
『映画を食べる』
（昭和五十年　立風書房刊）

●参考文献

［単行本］
新潮日本文学アルバム53『池波正太郎』（一九九三年、新潮社）
『池波正太郎作品集　第十巻〈芝居八種〉』（一九七六年、朝日新聞社）
『剣客商売全集』付録（一九九二年、新潮社）
『池波正太郎の世界』太陽編集部編（一九九八年、平凡社）
［文庫本］
『青春忘れもの』（一九七四年、中公文庫）
『男のリズム』（一九七九年、角川文庫）
『池波正太郎の銀座日記〔全〕』（一九九一年、新潮文庫）
『新・私の歳月』（一九九二年、講談社文庫）
『剣客商売読本』池波正太郎ほか（二〇〇〇年、新潮文庫）
［雑誌特集］
鬼平犯科帳の世界（昭和六十二年十二月「オール讀物」）
追悼池波正太郎（平成二年六月「オール讀物」）
追悼池波正太郎（平成二年六月「小説新潮」）
池波正太郎の世界（平成二年六月臨時増刊号「オール讀物」）

写真一覧

熊切圭介（くまきり・けいすけ）

一九三四年、東京・下谷西町に生まれる。一九五八年、日本大学芸術学部写真学科卒業。在学中より丹野章に師事。のちフリーランスの写真家として週刊誌を中心に月刊誌、グラフ誌など、主にジャーナリズムの分野で写真活動を行う。一九六一年、第二回講談社写真賞を受賞。一九八一年「風光万里―中国の旅」（伊奈ギャラリー）、一九八七年「街―東京1972～1987」（キヤノンサロン）、一九九四年「揺れ動いた'60年代」（JCIIフォトサロン）ほか、精力的に個展を開催。その他、グループ展も多数。主な出版物には『世界の博物館』『中国の旅』（講談社、いずれも共著）、『毛綱毅曠』（丸善）、『東京港』（東京港開港50周年実行委員会）など。

現在、日本写真家協会副会長、日本大学芸術学部写真学科講師。

池波正太郎のリズム

平成十二年七月二十六日　初版第一刷発行

著者…………熊切圭介
編者…………小倉一夫
発行者………唐澤明義
発行所………株式会社展望社
〒一一二―〇〇〇二
東京都文京区小石川三―一―七 エコービル二〇二号
TEL（〇三）三八一四―一九九七　FAX（〇三）三八一四―三〇六三
編集制作……写像工房
デザイン……吉田カツヨ＋仲田延子
印刷・製本……株式会社プリントアーツ
用紙…………王子製紙株式会社

ISBN4-88546-062-X

郵便はがき

料金受取人払

小石川局承認

4063

差出有効期間
平成14年 7 月
25日まで

1 1 2 8790

(受取人)
東京都文京区小石川3-1-7
エコービル

㈱展 望 社 行

フリガナ		男・女
ご 氏 名		年齢 歳
ご 住 所	〒 ☎ ( )	
ご 職 業	⑴会社員(事務系・技術系) ⑵サービス業 ⑶商工業 ⑷教職員 ⑸公務員 ⑹農林魚業 ⑺自営業 ⑻主婦 ⑼学生(大学・高校・中学・専門校) ⑽その他 職種	
本書を何でお知りになりましたか	⑴新聞広告 ⑵雑誌広告 ⑶書評 ⑷書店 ⑸人にすすめられて ⑹その他( )	

愛読者カード
「池波正太郎のリズム」

■お買い上げ日・書店

年　　月　　日　　　　市区町村　　　　書店

■ご購読の新聞・雑誌名

■本書をお読みになってのご感想をお知らせください

■今後どのような出版物をご希望ですか？　どんな著者のどんな本をお読みになりたいですか（著者・タイトル・内容）